素颜之美

Simple Beauty

沈力男——著

中国出版集团
现代出版社

序

愿你永远 18 岁

多少回忆，被岁月湮没，交付给了时光。

多少故事，被季节抛却，预支给了流年。

相逢，或许只是一瞬间；忘记，却要用尽一辈子。

静候湖水，独对千山。

任凭时光隧道回闪，再一一折叠思念，寄往遗忘了地址的天际线。

一程山水，一程风云，一程离合，又一程悲欢。

这情感的两岸，无非爱与恨，无非你和我。

这薄情的世间，无非冷与暖，无非苦与乐。

许多人，还要遇见。

许多车站，还要驻足。

许多美好，还要流连。

窗外的红尘，山巅的云雾，天空的翅膀，各有各的去留，各有各的等待，各有各的爱恋。

逝者如斯夫，往事皆如烟。有触手可及的风景，有迎面撞见的爱情，能看到凄美的剧情，也能看到无奈、无言的结局。唯把相思的种子，托付给无情的寒冬，又以刺骨的冰雪封藏，然后期待下一个春天。

18 岁，已是昨天的芳华，定格到永远。

愿你，在我心中永远 18 岁！

而年轻的容颜，我们无缘初见，更无法再见。

是的，谁没有年轻过？可怜这青春白驹过隙，过了就石沉大海，栏杆拍遍，无从找寻。弃我去者，昨日之日不可留。乱我心者，今日之日多烦忧。

人，一开始缅怀，就有些老了。

站在滴答做响的时钟面前，我失魂落魄，不战而降。

但我们依旧盼望着新年，祈福新年风调雨顺，盼望一元复始、万象更新，盼望冥冥之中的有缘人，迎面走来，手持玫瑰，微笑着出现。相见欢！

茶，或浓或淡，但不宜凉。

酒，或烈或柔，但不必醉。

情，或深或浅，但不能假。

愿意去爱，不管经历什么，不要怕受伤害。

永远不会最早，永远没有最迟。

爱一个平静的人，平静地爱一个人。

让我们一起走过，让我们淡定从容。

再见，2018。

你好，2019。

2019 年元旦

由己斋

目录

爱之初

爱之季

爱之切

爱之歌

爱之禅

爱的声音

杜鹃鸟的声音
纺织娘的声音
蛙的声音
蝉的声音
原来都是爱的声音

他们的语言
进化得如此纯净
抛却所有废话谎言
唯有发出
爱的奏鸣

比海洋更辽阔的不是天空

比海洋更辽阔的
不是天空

天空装不下满满的泪水
大海尽数收下了
这捧苦涩咸腥的汪洋
因苦难而深不可测
因不屈而冲刷荡涤

比海洋更辽阔的
不是天空
也不是我黑色的眼睛

比海洋更辽阔的

是无穷无尽的

无尽无穷的

海岸线……

海岸线

多像你温柔的臂弯

涨潮任性你就默默退后

落潮无力你就快步上前

我永远在你的怀抱里

欢笑

与

哭泣

贝壳

曾经沧海难为水
于是变成一枚
贝壳

她把两扇大门关闭
静听外面
涛声依旧

今天，我在滨海拾贝
仿佛带回了
整个大海

晨雾

你悄悄地来

于是

这个世界开始变得不明白

你倏地离去

纷乱的世界

却让我的眼睛睁不开

我多想藏进这阴霾

与你同沉浮

与你共徘徊

打开

我打开窗

让阳光进来

我打开山扉

让清风进来

我打开八音盒

让旋律进来

最后，我打开你

让世界进来

冬至

北风烈烈数九寒，
南国家家煮汤圆。
莫道今日夕阳短，
明朝日日胜于前。

24 节气中的冬至，白天最短，黑夜最长。“数九寒天”一九到九九，从这时开始计算。民间有“冬至大如年说法”，北方吃饺子，南方吃汤圆。

赌石

来吧

用青春下注

用欲望的身体来切割

当石粉如泪

扑簌簌地滑落

你我彼此的折磨

终于有了结果

你可以测出一块顽石

但又如何参透一颗心

断臂维纳斯

残缺

之所以

成为一种大美

正所谓

真正的完美

向来

无从找回

摄人心魄、无以言表的力量啊

你，从不需要扬起手臂

但全世界都在你脚下汇集！

伐木

像是在处决一个士兵

他引颈受戮

斧头砍下去，砍下去

伴随“吱哑哑”一声叹息

他斜向

缓缓倒地

截断长短手臂

剥去绿色的皮

裸露白晃晃的躯体

拖进车厢

随列车轰鸣

远去

成片成片地倒下

一个大屠杀的现场

没有挣扎

没有哭泣

浮萍

不留恋

水中的倒影

新的风景在远方

漂，姿态很轻、很温柔

步步生莲，天高云淡

我愉悦岸上所有的目光

同时欣赏岸边不同的美

我庆幸自己

没有像树桩那样兀立一生

如果浪花就是你的爱

我的追求，就是随波逐流！

给别人看

亮起车灯

在夜光下前行

我并非看不到风景

这灯，是让别人看得见我

闪烁的群星

即使汇聚成银河

也带不来光明

它们不断眨着眼睛

难道 只是为了让你我

泛起甜蜜的

憧憬？

既然，木已成舟

海浪啊

请不要把我一次次往岸上推

既然木已成舟

就让我消失在大海

斩断全部枝蔓，刨断根儿

我掏空身体，剥光皮

满身的刀砍斧劈

伪装变色的漆

完全为另一个自己

既然木已成舟，挥别大地

就让我泛舟江海，放荡不羁

海浪啊海浪
请不要把我一次次往岸上推
失魂落魄，已无须魂归故里
别让我都无法抛弃自己
更不必，粉身碎骨的那天
你把我的残骸重新推向沙砾
没有鲜花的海滩，也是伤心地

看！夕阳正远去
海浪啊，请不要把我往岸上推
我宁愿沉没大海
自此不染尘埃

忽略

无法看清，每一片云彩
无法洞悉，每一朵花开

飘过、开过，莞尔一笑
策马飞逝，在草原、往天边

人生需要按下忽略键
我就是这样的我了
不再执着于更新
看吧：岁月静好，与天俱老

简单的幸福

我巴望
在一场大雨里
城市变成汪洋
淹没我们的脚印

这就像两个人
简单的幸福：
不提过往
忘记来路
亦不知归途……

枯树桩

锯子
将它切割得很平整
年轮模糊不清
以及近乎大地一般的肤色

我走近它
差点被绊倒
它看上去坚定不移
我能感受到被根须
缠绕的
痛

死亡
有时比生命还漫长

另一种风景

窗外
摩天大楼的窗外
世界褪去丰富的层次
站高眺远
望到只是触手可及的窗台

过去，有远山
有建筑的塔尖
有拥挤如蚁群的车流
有过蓝天
有过白云纸鸢
有过斜里飞逝的翼影
但此时
世间完全让位给一片茫茫雾海

窗内，有你、有我

我们不再探索窗外，而深情对视

既然看不到远方的风景

或远方消失了所有的风景

我们似乎顿悟

眼前是另一种风景

你，也是一种风景

南国落叶林

生在南国

这里不是你的家

这里属于芭蕉、大榕树与海桐花

只是冬天也会造访

即便三四十天的凄风冷雨

你就被攻陷，继而零落了

内心，又放不下往日温存

叶落未尽，青黄不接，恋恋不舍

周遭依旧有新芽，依旧有艳丽的三角梅

你无奈沦为一株看客

更有无法离去的

尴尬

为情所困

难道就被青鸟衔来种子？

啊，我的眼睛饱含泪水

就像寒风中这片片合欢树叶

强忍着不愿落下

平分秋色

月落乌啼霜满天
月落一分，乌啼一分

江枫渔火对愁眠
江枫一分，渔火一分

落霞与孤鹜齐飞
落霞一分，孤鹜一分

秋水共长天一色
秋水一分，长天一分

李杜文章在，光芒万丈长

李白一分，杜甫一分

我们

构成这个世界的阴阳

有你一分，有我一分

森林舞步

一

起初杨絮
接下来柳绵
彻底
将这个春天迷乱
我眯起双眼
迷茫穿行林间
竟忘却了
春天还有悄然缤纷的花朵
寂静无声
开了又落

二

草木

被上天钉在大地之上

流浪的三毛说——

它非常沉默，非常骄傲

它从不依靠，从不寻找

但是，杨絮柳绵与青鸟一起飞翔

落花有意 追逐无情的流水

落叶也紧随秋天的红晕而逝

而大地深处

根须无时无刻

不在吮吸黑暗的乳汁

更莫要问

到哪里去找

那精灵一般的种子？

树的舞步与节奏

你我其实

并不懂得

三

佛祖

是盘坐在菩提树下

大彻大悟

自此

每一棵树，都走遍了天涯

阳光下的月半弯

正午，闲看云舒云卷

彩云追月，竟这般留恋

或近或远，你就在天边

若隐若现，亦漂浮云端

太阳光芒遮不住

依稀仿佛月半弯

——大隐隐于昼！

阅尽黑夜万家灯火

除却银河星星点点

也要把神州的光明窥遍

太阳落在了海面上

海天一线

我们终于两两相望

你和我，平视的目光

我爱你

但我们从未如此亲近

甚至从未如此平等

就这样，你看着我

就这样，你抚慰我、沐浴我

码头上有一种瘫痪的凄美

我不敢回头，回头是一地的霞光

会把影子拉到离你最远的地方

再一回头，海水已经把你埋葬

抒情写满了黄昏

海浪轻轻拍打着

我的惆怅

我从“宽窄巷子”走过

不像河流
窄处湍急奔涌
这里宽也缓、窄也缓
火锅里翻江搅海
浪花点点

不是爱情
前行磕磕绊绊
宽也走了、窄也走了
沿途风景如画
有你相伴

不似人生际遇

宽宽窄窄切换

宽也一天、窄也一天

笑看青春逝远

清风明月无边

宽窄巷子位于四川成都市，由宽巷子、窄巷子、井巷子平行排列组成，全为青黛砖瓦的仿古四合院落，是成都遗留下来的较成规模的清朝古街道，现为特色繁华商业步行街。

我的爱是一杯茶

不知道

我能不能成为一杯茶

在花开的季节

我就开始告别

之前

我收藏过满山的野花

收藏缤纷蝴蝶的吻痕

收藏积压整整一个冬天的心愿

以及满满的期待

收藏天地之露水精华

然后蜷起身躯、沉沉睡去

直到

这个冬日暖阳

你沏一壶江南的清泉

将我整个抱起、沉入水底

醍醐灌顶，我瞬间睁大眼睛

像童话故事里那个被王子吻醒的公主

一缕茶香穿越时空

还是绿萝裙，却凌波微步

每个叶片尽情飘逸、舒展、释放

久藏的春天于青花瓷杯里盛开

你知道吗，这就是我的爱情！

我们并不真正懂得那片海

题记：总是说海纳百川，总是说胸襟辽阔，

不择细流、不择泥沙，亦不舍昼夜……

海浪一遍遍冲击着礁石
如泣如诉，但谁听得懂
这海哭的声音

一叶残舟长眠在海滩
折戟沉沙，但谁能破译
这大海的离舍

掬一捧海水入喉

是的，谁真正尝过

大海内心的苦涩

大海啊连着大海

但她的尽头不是大海

是更遥远的彼岸

我们从未抵达的生活

光阴的故事

我们想用时间

定义时间

我们想用时间

锁定时间

我们想用时间

分割时间

我们想用时间

放逐时间

甚至，我们想
用时间忘记时间
用时间掠夺时间

但最终，时间
把我们定义、把我们锁定
把我们分割与放逐

时间，兵不血刃
将我们一一夺去
连同那些爱
连同那些勇敢

我想我想你是海

我奔向大海

海不像山

远远地就迎接你

我应该很接近了

甚至听到狂涛裂岸

惊现盘旋的海鸥

鼻孔充满咸咸的气息

海依然不见

再往前

突然，她倾泻至我眼里

那满眼都装不下的

大海……

我想我想你是海！

一棵树

每年都是生死之交
一生都在聚散离合

每一个春天
我都认真吐蕊、绽放
绿之恋缀满枝头
秋天，则捧出红色的丰硕
而枝桠，逐年越发遒劲有力
但这臂膀即使遮天，蔽日
依然挽留不住什么
俟金风响起
哪怕一花，一叶，一果

燕子来了又去
雀儿栖了又飞
岸边的小河充盈复干涸
许多云朵缠绵悱恻
但终究
一一飘过

我内心的波澜
是一圈圈扩展的年轮
任凭沉重的岁月
秘密包裹

云山之恋

云，白色的山
山，绿色的云

云与大山缠绵
从清晨到夜晚的爱恋
从山脚吻到了山巅
此刻，他们共浴在如镜的湖面
湖水里，云触碰到大山的根
大山吮吸着云的娇嗔
山无言，水亦无声
唯见云朵快乐舒卷，在水之涯，在天之边

我伫立于湖畔

往静谧的湖心抛出一粒石子

咚的一声……

终于让他们的爱情

凭空出现了些许的波澜

爱之初

白杨树的春天

院子里喧嚣热闹

有的开花，有的展叶

而她，却悬挂出

一树丑陋的毛毛虫

树皮上每只眼睛都在期待

可是等到最后

也没有一只毛毛虫

会变成缤纷的、会飞的

翅膀

毛毛虫终于飘落了一地

但你看呀，它们曾经悬挂的枝条

开始生发无数绿色的蝶衣

停留在每一个树梢

闪动光芒

白杨树，春天开花，状如毛毛虫，花落，叶生。

姑苏晨跑

一

香樟树上的鸟儿
叽叽喳喳不停
吹来吹去的风
无法驱逐
这喧嚣的占领

我像风掠过
骤然解放了大树
随后仰望天空
看冉冉朝阳里
那对对张开的
翅影

二

小园香径
放进我欢快的足音
露水随之睁开眼睛
大地被我们一道唤醒

转至树荫
一群燕雀扑面而升
这是一次埋伏
更像一次报复
我惊陷包围中
伏击的精灵却稍纵即逝了
蓝天上开始阅兵
拉出一队
宣示胜利的风景

湖边的小诗

一

月亮

倒映在水里

猴子去捞了一下

月亮碎了

于是整个湖面荡漾开

无数个

小小、小小的

月亮

二

湖底的水草
随波飘荡着
岸边的小草
随风摇曳着
她们彼此打招呼呢

在两个世界里
她们迎接同一个春天

三

小鱼儿

经历又一次出轨

跃出水面

扑哧一声飞起

扑通一声落下

它是勇敢

还是害怕？

花儿朵朵

题记：情诗，写给女儿朵朵

愿朵朵永远是快乐的
动不动就笑了，笑了
脸蛋上，花儿一朵又一朵

愿朵朵永远是健康的
像游泳池里的小鱼儿
跳水时，浪花也是一朵朵

愿朵朵永远是上进的
如同花园里的小树天天向上
长高高，摘取白云一朵朵

在泡泡浴缸里观天

我浸在泡泡浴缸里，观天

不知道是谁，正在天上

也洗着温暖的泡泡浴？

湛蓝湛蓝的大浴缸望不到边儿

泡泡一朵朵似绵

泡泡一重重如山

我巴巴地望着、望着

终于，看到太阳哥哥露出了脸

原来是他在洗泡泡浴！

他微笑地瞥了我一眼

又马上躲进了一大堆泡泡里面

难道他也害羞了？

太阳哥哥洗漱完下山睡觉去了

夜幕降临，泡泡们变得隐隐约约

看啊，月亮姐姐偷跑出来洗泡泡浴了

她身边簇拥着

数也数不清的星星

众星捧月，星月同辉

沉浮在无垠的天河浴场

我凝神屏息

惊诧于

这些美丽！

夏夜，只有我是多余的

夏的夜

静谧、朦胧

赶路的萤火虫

呼朋引伴点亮了灯笼

清水般的月亮

被大森林的树峰

遮蔽了笑容

偶尔，只在缝隙中

探索出丁点儿

星光的闪动

夜来香，袭来

伴随一丝微风

究竟哪个神秘的爱人
悄悄 与之相拥
虫儿拉起大小提琴
此起南北，彼落西东

听，池塘里的跳水声
扑通、扑通
是不是小青蛙们
夜晚依然坚持练功？

竹枝，雨后暗暗拔节
蹭蹭、蹭蹭
林间沙沙的呼吸间
正做一个长大、长高
甜甜的梦

我和你，谁更美丽？

这一个春天

让树枝与树杈上的鸟巢

一起醒来

树枝伸出嫩绿的叶芽

鸟巢晒出欢乐的翅膀

它们哪个更美

我不知道

树枝接着绽放红色的小花

一树绿海也迅速吞没鸟巢

但很快，真的很快

一双成熟的翅膀带着若干稚嫩的翅膀

比翼飞上了树梢

朝着太阳的方向歌唱

它们哪个更美

我，不知道

月亮的童话

月亮是一盏灯么
谁为她天天调控光源
难道嫦娥在轻拨素手
有时是弯弯月牙儿
有时如巨大的铜镜
照耀山川

为什么月亮发光发亮
身后不见长长的电线
弟弟有一个发现——
月亮就是大大的萤火虫
靠自己的身体发电。瞧
她真的像萤火虫那样飞呀飞呀
每天从天幕的这边，飞到那一边

西溪蝉歌

给每棵树以赞美的歌声
顺便也让清风听了去

持续到傍晚的合鸣
终于唱落了太阳，又唱起了街灯
而月光皎洁 当皎洁的月光
逐一爬上每枝树梢去探访
不倦的演出方落幕收场

西溪，西溪
一两声，夜莺
三五星，流萤

玩偶

毛绒绒的她
依偎在你的怀里
一样的可爱是么
它是你定格时的模样
你是它的前世今生

似乎，它更乖巧些
萌萌的笑脸永远洋溢
温暖与柔软
呵护着
你变幻莫测的心情
我多想，你永远像它一样
而你，也是这样想我的吧

莲的心事

给湖水披上一件衣裳
以无穷碧的莲
不让湖里这么多的眼睛
偷窥她的美丽

撑出粉红色的小荷
高高地仰起头
她正深情呼唤着
杨万里宋诗中放飞的
那只红蜻蜓

《小池》（宋）杨万里
泉眼无声惜细流，树阴照水爱晴柔。小荷才露尖尖角，早有蜻蜓立上头。

这一天的清晨

清晨的初阳
艳美且羞涩
她看着谁
谁就妩媚生动

窗外叶子
小小露珠水嫩透明
阳光正穿透它的身体
它朝我眨眼睛
那目光是七彩虹

七彩虹折射你的脸庞
那红晕是一株粉色的水莲

我随即也生动起来

像一只伸展双翅

正为莲翩翩降落的

红蜻蜓

爱之季

东北，黑与白的情缘

我看见最白的白

我看见最黑的黑

这种白统治了世界

让我想起你冰凉的手

从柔软再到晶莹

唯有松塔不屈地刺向天空

这种黑主宰了大地

黑黝黝似浓浓的绸缎

让我想起你的长发

唯有一只蝴蝶结

翩翩欲飞

我见过最白的雪

我见过最黑的土

最白的雪覆盖在最黑的黑

最黑的土吮吻着最白的白

黑与白

我和你

最白的山绵延不绝

最黑的水蜿蜒流转

这片白色海，突然消逝在春天

黑水灌溉着黑土

黑土地捧出最白的米

就像那片白……

哦，别忘记了

白山黑水间的那一抹红

你的红唇

你的肚兜

为什么那么多的节日都在冬天?

为什么
那么多的节日都在冬天？

因为收获的新粮酿成了新酒
因为世界回归单一，眼眸明净柔软
因为目击许多告别，望断南飞雁
因为一颗漂泊的心，开始抑制不住地想家
因为春天还那么遥远，你我走到一起
要用彼此的身体
取暖

相思的种子

难掩的欲望

模糊的征程

冰封的夙愿

我们要以过节的方式，劫后余生

我们要以过节的方式，重塑勇敢

丽春湖，我宁愿你冷漠成冰

你碧波千顷
收藏太阳、月亮和星辰
我唯有在岸边逡巡
所以，宁愿你冷漠成冰
我才一步步走向湖心

这彻骨的寒冬
你终于浴出了湖面
涟漪的皱纹退去
露出白皙的肌肤
我触摸这光滑的胴体

那冰冷让我战栗

与此同时，我仿佛听到了
听到冰层下跃动的鱼群
那可是你
为我心跳的声音？

冬之恋：如果没有雪，如果没有你

一

每一个雪人

都堆得如此丰腴

你给它画上大大的眼睛

它萌萌地看着，看着我们

你闭上你的大眼睛

我不由俯身过去

哦，童话的世界一定是这样的

有许多睁开眼睛的小雪人

以及你冰冷的

吻

二

我每进一步

雪就吱吱地呻吟

我深深浅浅地前行

她就高一声低一声应和

我问，弄疼了你吗？

雪说，亲爱的不是：

我想留下你的每一个印迹

要知道，明年的春天

我们就失去了记忆……

三

冬天是东北恋爱的季节
每一朵雪花
都像赴一场千年之约
情定在冰封的日子里
这洁白，执着如期

偶尔，有不知趣的风儿
把她胁迫向南
她会挣扎着哭泣
在你眼前香消玉殒
那已不是雪
点点是，离人泪滴

冬天，每人都携带烟囱行走

整座城市都口吐莲花
烟囱很高，飘出白云
许多楼顶似乎已被点燃
如果不是冬天
你很难发现圣诞老人的秘密通道

奔跑在硬朗的大地上
你我呼吸之间，嘴角呵出腾腾热气
越寒冷，越感受“人活一口气”呢
且看，每人都携带烟囱行走
身体内热情的锅炉
在燃烧

初秋，落幕与登场

青涩的果子未成熟

但总有叶子已泛黄

有的小伙儿袒露臂膀

有的姑娘裙裤秋装

有人早早把自己包裹

有人时刻寻求绽放

候鸟来来往往

家，从来不是一个方向

残阳西下

总有落幕，也总有登场

12月31日

一年的最后一天
地球绕太阳一圈儿
365 个悲与欢！
树杈光秃雪残
年轮却写满伤感

想你，从今年到明年
恋你，从明年到永远

地如处子

大地——

壮硕的农妇

寒冬腊月

她是一个未开垦的处女

任凭铁器挖弯、挖折

她种种不屈，无懈可击

她的坚贞，像冰雪一般圣洁

她在等待情郎

一个唤作“春天”的汉子

待到春风初拂

——那汉子的雄性气息

大地肉酥体麻，春水温润泛滥

“春天”播散无数的情种

大地不再设防，倾情为之洞开

春回大地

大地与春天马上拥有了

许多不同肤色的花，许多长相迥异的苗

孕育出这么多孩子们啊！

城市，硬朗坚挺得像个男人

叶子潮水般退却了

最终消逝无迹

世界成功瘦身，让城市

重新找回了失去的骨骼

重新硬朗坚挺得

像一个男人

我再一次发现那些不屈的枝杆

再一次看到建筑皮肤的样子

而我一度把它的轮廓忘记

我又再次发现了云松、冬青

我才知道那个春夏

它们内敛低调到尘埃

把常青的一颗心
隐遁在滚滚红尘

城市，像一个真正的男人
他的肌肉血脉偾张
他将屋檐下的水滴
凝结成闪亮的匕首
他将柔顺的湖水化作脚下的坚冰
北风再也无从吹起涟漪
吹起冰面上的石子奔跑
北京，甚至拒绝了雪花的约定
这冬季唯一指望的
温情

男人，期盼一场烈火的救赎

当沉默为我领航

一只纸鸢飞跃青云

你，终于款款走来

披一件红色的衣裳

任冷风轻拂后摆

脚步轻扬地

向这座失去血色的城市

款款走来

夏天的落叶

飘——

一片，两片，三片

不被季节所注意

也许是风的原因

也许是昨夜的雨

也许是我的一声叹息

依旧绿意如昨

却委身旋下赐予了风尘

又是谁与谁的告别？

匆匆、太匆匆

一叶已不能知秋

就像我无法真正懂得

这个夏天

这个夏天

惆怅在枝头

蝉声一曲唱离歌

惜你走远

大寒·雪

是谁

在天地间

穿梭银针线

编织广袤雪原

是谁

抚摸我脸颊

却倏地化作

泪斑一点

是谁

将万般铅华洗尽

让这个纷繁世界

转眼变换容颜

感觉她把我拥吻

感谢那份绵软

我探以笨拙的足印

由浅入深，由近至远

天书

天空
一张湛蓝湛蓝的纸
白云肆意挥洒
写下行书或狂草
那是张旭与米芾甘拜下风的体

未料风云突变
究竟又是谁
掀翻墨水瓶
将天际涂鸦漆黑一团
却力透出
无色的雨

太阳画着圆规般轨迹

风筝拖着屁股上的绳索

万千气象啊

还看天边万千白云

而真正的大师是雁阵

苍穹之上

南来北来

穿梭大写的“人”！

小溪的情事

地上的小溪
春天来的时候
就开始哭泣
她越哭越伤心了
直到晚秋河道哭干
落叶缤纷如雨
悄悄覆盖上伤逝的清渠
冬季，大雪漫天飞舞
再以白色的绸带
包扎并掩饰所有的足迹

这一切

都像没发生过似的

无人知晓小溪四季的故事

情不知所终

更不知缘起

悲秋

秋蛩断，月如钩，

钩起百般愁。

黄叶飞，西风骤，

集结落木无边。

别恨谁人能解？

且痛饮，樽前酒！

君不见，水雾云稠，

满川颠簸枯叶舟。

枯叶舟，

潮起潮落，无语东流。

苍茫万里，平畴漠漠，几行归鸥。

搔更短，是白头。

人生飘如秋叶，

岁月难筹！

我站在如雨的落叶中

北方的落叶

像一场浩劫

原先一面面绿色高扬的旌旗倒下了

与秋风搏斗后倒下了

浑身沾满血迹地倒下了

一片落叶落在另一片落叶的身上

他们一生遥相呼应

却从来没有以倒下的姿态

拥抱在一起，然后

翻滚着、破碎着、消失着

无边落木萧萧下

像一场浩劫，看不到幸存者

不求同年同月同根生

但求同年同月同日死

北方的落叶啊

像一场浩劫

春天似乎要掩饰什么

窗外，躁动不安
春天似乎要掩饰什么
那冬天留下的罪恶？
繁花披起五颜六色的迷彩
柳絮制造云雾的梦幻
直到，一堵绿色的墙
彻底截断了视线
和我

春天，你急切想掩饰什么？
我闯进绿色的海——
春笋捅破了大地
安静许久的河床热泪流淌

那泪水漫润了堤岸

群蜂在围攻玉兰花盏

似曾相识，不辞而别的燕子

又回来了………

春天，你究竟要掩饰什么

再送微风斜雨，锁住满园春色？

看到了、听到了、触摸到了

我端坐一朵云下，却什么话都已不用说

春天是发射出来的

为复仇上一个冬天

森林秘密准备

开春的子弹

每根枝条拉开枪栓

将花蕾叶苞悄然上膛

春雷一声

冲锋号角吹响

沉寂许久的大山火力全开

发射 一树一树的花

发射 一树一树的绿

整个春天

腾空而起

每一缕乡愁，都装不进行囊

题记：

一个回来了就不想离开的地方，叫作故乡。

春节返乡，有福之州，清新福建。

一

每一片叶子

都被擦拭打蜡了

供风的脚尖

在叶脉上舞蹈

但无人知晓，谁是

神奇的清洁工？

院里有一朵花败

必有一朵花儿

正开

二

清甜的滋味

是久别重逢的爱

我深深地呼吸

仿佛已难以呼吸

仿佛一下怕失去。如同

贪恋你身上的气息

久久埋进你怀里

三

阳光灿烂的日子

我无法直面你的美

眼睛偷眯成一条缝儿

又被闽江的浪花覆盖
蓝天倾泻而下，像那
决堤的海

四

修竹三五杆
一撇一捺写意春早
默默无语的古榕
梳理低垂的长髯
惊起了一群飞鸟

几片白云，天外
排排远山，如黛

五

真想把故乡塞进行囊

很沉，很沉了

却装不下一缕乡愁

青红对老宅

我自徘徊

青红，即青红酒，为福州本地独有米酒，色泽青红，柔顺绵长。

江南雪

雪花
为绿叶扑着粉儿
刚着上一小层
叶片摇摇头
就化作一颗相思泪

倒莫如
山脊、老屋、青瓦、断桥
易接受这天赐的柔软
一条白色的丝缎
覆盖在无生命的躯壳

雪花

落积在汽车顶盖

甚至附着在我乘坐的高铁

结束天际间的旅程

她们换一种方式出行

风驰电掣般

欣赏窗外

与她们有关的风景

深秋丹枫

一株丹枫
亭亭玉立初长成
告别春夏的初恋
她最终爱上了
秋风

出嫁的日子到了
她一袭新娘红妆
妩媚妖娆
却假意心事重重

秋风，来得太匆匆

凛冽炽热的吻

连续不断地冲锋

新娘的衣衫被撕落

圣洁的大地片片潮红

终于

她全裸美丽的胴体

与秋风缠绕、摇摆、颤栗

在天之空

悲欢与共

爱，在这个春天的表达方式

爱的花朵
热辣辣开满了山坡
柳绵无风而起
整座城市陷落了
窒息时刻

啊，这个季节
真的可以忘却羞涩
这个季节可以直奔主题
让一段光阴，淋漓尽致地
沉没爱河

槐树林里的大树小树
虬劲沧桑与稚嫩笨拙
叶与叶迎面相遇了
一模一样的柔软
大小、形状、色泽
我们公平相爱于这个春天
在春天一起年轻
在秋天一道蹉跎

爱在深秋

秋天拿起画笔
将世界绘成一幅凡高的油画
然后一片一片撕碎她
又是叶子比花还美的季节
又是不可逆的离别
江水压低身体
天空退向高处
果实埋下种子
但你看到树林燃烧的火焰
但你听到落叶飘零的欢歌
这深不可测的相思
哪怕比黄花瘦了
又碎入尘埃
我 一直都在

我轻轻褪去你大红色的袍衣（二首）

秋拜武夷山

竹篙轻点绕九曲，
溪水流光秋山碧。
平生天游至此尽，
恨不相逢是武夷。

“泡”出来的武夷山

玉女袅袅娜娜
摘片片白云
煮雨

她浸润座座青山
流淌出十八弯的
九曲溪

而我

望断天涯羁旅

却在最好的季节

遇见你

当轻轻抱你上瓷床

以九曲的清泉

轻轻、轻轻褪去

你大红色的袍衣

哦，我的心爱
那份醇香与美丽
一览无遗

玉女峰、九曲溪
还有你
温润我的眼睛
直击我的心底

武夷山：福建名胜，联合国自然与文化“双世遗”。
九曲溪：九曲十八弯，溪水清澈，竹筏漂流为必选旅游项目。
天游：即天游峰，游客登顶可俯瞰武夷风光。
玉女：即玉女峰，为武夷山旅游标志。
大红袍：武夷山盛产武夷岩茶，大红袍为其极品。

素颜之美

当行道树的叶子悉数告别
你会发现北方冬季的
素颜之美
枝条脉络清晰
主干浓一笔 末梢淡一笔
三笔两画构成一幅风景速写
很随意
很写意
你突然觉得
倘若花花绿绿
扎堆而返
这里会多么拥挤

枝杈上的鸟巢

像海岸潮流退却时的裸泳者

但它偏执爱着

那树的四季

不离不弃

树的回报

就是把鸟儿的家托举得更高

树枝的拥抱更加有力

河流冻结了

时见顽童冰上飞舞

他们多像

另一种浪花……

这世界开始清场

落叶比落花仪式排场
红与黄的颜妆，是对世间
最后一眼深情的回望
不同于次第盛开、次第败落的花朵
我有怜香之心，无拾花之意
落花成尘，即使君不来
也会迎来一个茂盛的春夏
而落叶集体谢幕
一片一片追随了秋风
它们以悲怆去迎接另一个悲怆
冬天在不远处冷冷地盯着你
透过光秃的树干
太阳终于抵达地面
传递的是
薄凉

这世界开始清场
这世界开始清场

重阳长短句

九九重阳，白露为霜，
与君一别西风狂。
未敢登高，惧山斜寒侵，
又恐抬望眼、云雾茫茫。
茱萸今人不识，
纵香胜兰桂，何处寻芳？
取孤灯一盏，
看窗前、星移斗转，寸断诗肠。
叶落菊花黄，月稀人惆怅，
在他乡……

雪，统治级的征服

初雪
像初吻
刚刚触及就融化
她源源不断俯身
让漫天的拥吻把我覆盖

仰望
从天而降
无数白色玲珑的六角伞
抛出弧线无声无息落下
统治级的征服却如此温柔可爱

征服

天地一线

我能强烈感受她的存在

苍天大树发出吱吱声响

世间最大的压力往往直面洁白

不知道

她为什么留下慈悲

白山绕前

唯有一条黑水流淌

爱之切

一只鸟，正寻找另一只鸟

告诉我

你的消息

让我的思念有个依靠

思念

长着一双脆弱的翅膀

随时起飞

不要让我飞得太远

不要让我飞得太高

不要让我在无垠的海面

徘徊 恐惧 无助

快告诉我

你的坐标

这是我着陆的岛

依偎在你身旁

我会梳理自己

被风雨浸湿的羽毛

在一起的美好

蓝天白云飘

恋着

我们的巢

一枚树叶书签

叶子一点都不像大树的孩子
她坐在树干的臂弯
她小手招展
她这样柔软

我们无疑错过了冬季
只拥有片刻欢愉的春夏
如今又要用一生的时光来离别
西风携她渐行渐远
再见了，这份情缘

今天，我收到一枚树叶的书签
淡淡的绿 被岁月凝结了

轻轻触摸干枯的脉络
仿佛整棵大树的枝蔓
小小如她，多么像一棵树啊
仿佛遇见另一个春天
是你，是你，又悄然飘进了
我的诗篇

下雨的日子

下雨的日子
最适合见面
最好有夜幕下的雷电
瞬间点亮了城市
擦亮我苍白的眼
你，在看着我吗

见面的日子
最适合风雨
让一个更小的角落
收纳你我
听、听，这天籁

风声雨声一起袭来

外面的一道道闪电

应是我们摩擦的火花

你，在爱着我吗

世上，只有两种时间

时间，仅分为两种——
当我想你的时候
当我去看的时候

那么，当我们最终在一起
时间都到哪儿了
是停滞，还是
伤流逝？

你我重新定义了时间
如广场钟时针与分针的交合
把整座城市的上空
敲打得咚咚作响！

世界那么大，我想要回家

街灯站得笔直，低眉顺目
岁月随手拧暗了几盏灯泡
巷子很长、墙很高，僻静昏黄
摸黑走进去，我从不担心害怕
熟悉的地方没有风景
却最有安全感

这条石板路，承载过多少人生的分量
但谁都没能留下沉重的脚印
那水井依然像不可测的眼睛
石栏光滑得刻录你的影子
太阳，倒是如约探望院子里的香樟
光线在小方桌的花格布上踱步
不知是熟悉的陌生，还是陌生的熟悉

这里，有多少回忆可以抹去

又有多少故事值得珍藏

远方的游子不如雁

且将未成韵的诗，寄存他乡

归来吧，回到梦开始的地方圆梦

哪怕只剩下空空的行囊

想用家乡话，大声叫你的爹娘了

想瞬间穿越 18 岁的青涩时光

想看到密集般快要摇落人间的星辰

世界那么大，我想回家了

春天里，我想走在回家的路上

2018 写于春节前夕

今天做什么

读书

写字

想你

不读书

怎能了解这个世界

不写字

怎能改变这个星球

不想你

读书写字又有何用？

你的世界开始下雨

你的世界开始下雨

我的内心随之

淅沥沥

朵朵雨做的云

滴滴云做的雨

千丝万缕

密集编织我和你

离愁复别绪

又被雨打风吹去

潮潮的思念洒青衫

我的心已是萋萋

芳草绿

刹那，穿越了天地
这南方的雨啊
就像你我最初的
不期而遇

捧一盏淡茶
看彩虹往你的方向飞架
复又收起。恨其短
道是无情、却有意
紫砂氤氲弥漫你的气息
相聚才是好天气
相聚就有我和你

墙

有一个国度
被蜿蜒的长城围合着
外面的人想进来
里面的人不想出去

有一座房子
被深深的院落围合着
书生打理飘零的红叶
却期盼出门扫荡寰宇

有一个家伙
被你密不透风地围合着
你是空气般的存在
无色无味，裹挟并进出我的身体

夜之花

你有花一朵
孤独而芬芳
指若柔荑，发梢淡淡香
情迷茫，夜未央

等整个世界
都为你垂下夜幕
你的绽放划破星河
陪伴我凝视的目光

今夜，注定无眠
幸运的，只是那个探花郎
不论曾经年少，不管几多轻狂
除却你的吻，还叫我如何收藏？

天天爱你

每天醒来

爱你，新一天

每晚入眠

爱你，多一天

爱是启航的码头

爱是港湾的终点

新一天，又一天

时间刻录我们的爱恋

这样的岁月莫嫌长

这样的路途不辞远

每天带着爱出发

再带着爱沐浴夕阳下

让爱

到永远！

好想把你吃了

好想把你吃下去

告诉世界，那是爱！

你符合我的口味

更属新鲜的食材

你激发我压抑的欲望

我的目光始终无法挪开

倘若把你置之“肚”外

我担心其他饿狼将你害

切勿质疑我的胃动力

我愿意，消化吸收一辈子

让你进入我的身体

我们在一起

自由自在

欢乐开怀

如果爱，如果恨

如果一种爱

像雾

统领四野

你就无法呼吸

你就无处藏匿

如果一种恨

像霾

天地混沌

你就被缠绕脖际

你就被化解无形

她会打湿你身上的衣

她会让心中的泪水

滴

对不起，我并非有意去想你

许多人告诉过我

时间是最好的解药

它能治愈，也能让你彻底忘记

而我，并不是有意去想你

看见一片叶子在飞旋

看见山间小径弯身钻进一片树林

看见流星自浩瀚天空无声划落

看见湖面一丝不易察觉的涟漪

记忆的碎片，就如同月光

碎了一地

片片闪烁着你的眼睛

我踩上去，再一次

轻易划伤了自己

对话

我乖么？我坏么？我美么？我丑么？

我可爱么？我讨厌么？我冰雪聪明么？

我笨蛋么？我有风度么？我没气质么？

我淘气么？我懂事么？我听话么？

我烦人么？我欺负你了么？我急么？

我温柔么？我究竟漂不漂亮？

我到底厉不厉害？

…………

你终于不再问了，

把头深深埋进我心窝。

我却一直在期待，

你会不会这样来问我？

我好么？

你真的

很好！

你若轻轻地问了，

就让我用一生来述说。

归途

久别的相思
塞满我的行囊
指南针定格在
你的方向

我的脚步愈发坚定
任何岔路不会迷茫
所有风霜都不能阻挡
沿途没有风景
你是唯一的归港

我知道

每走一步

就离你更近！

我知道

离你更近

幸福就像花儿开放！

我希望一切美好，与你有关

我希望一切美好，与你有关
就像这个温暖的正午，太阳柔情地照下来
两只喜鹊像小松鼠那样，在草丛中蹦蹦跳跳
微风拂乱了你的头发
独傲的榆叶梅，默默地花开花败

美好的，只道是寻常
像一杯茶，甚至带着些许苦涩
那还是上一次春天来临时的味道
而皎洁月亮，也似饱含晶莹的泪光
淡淡地老去也是一种美好
就像西边彤云背后的夕阳
就像秋风扫荡那一地的金黄

你说你真的用不着做这座城市的女神

你只是我的君王

是的，就如这样

记忆中漏过了沙粒碎屑而过滤下许多美好

我希望现在的一切以及今后的日子

那些简单的美好，美好的简单

都会在你身后

腾起透明的、天使般的

翅膀

我怎么了

我坠入河里
一条大河波浪宽
我沉浮不定
挣扎着呼吸
被裹挟冲向岸边
又被反弹回旋涡
没人能救得起我
这条河，是爱河

我在网中
被粘住了飞翔的翅膀
我手足无措
越挣脱越被五花大绑

像在等待命运的审判

我隐约听到脚步声

从游丝尽头

悄悄走来

这张网，是情网

我在流血

一支羽箭穿透我心

我窒息却像涅槃重生

箭头同样穿透另一颗

串起两颗破碎的心

自此，交换血液与伤痕

这支箭，唤作丘比特

拉勾

你提议
我们拉勾吧
用那个最小的拇指
做一个最沉甸的承诺

没有戒指
没有香槟
没有观礼的嘉宾
一生只爱一人
就如孩子纯洁般见证

最小的拇指彼此牵挂

就像一把连心的锁

从此

浪子不再放纵

游子不再漂泊

拥挤

天空也可以
很拥挤
这么多的云朵
挤来挤去
制造层层踩踏事件
挤出了泪水
落下这黄昏的雨

森林本来就很拥挤
每棵树摩肩接踵
阳光被切割成细小碎片
山峰的高度其实是森林的高度呵
唯其树根处留下
大片没有芳草的林荫地

爱情也总是很拥挤

像早高峰的地铁车厢

我们一路叮叮当当压迫式前行

只是出站后道一声珍重

唯见大街上已空荡如许

无题

再大的风
也吹不走那一轮月亮
倒是淡淡阴云
轻而易举覆盖了她

再辽阔的大地
也拦不死江河奔流入海
倒是零下的严寒
结结实实冻住了浪花

再恢宏的帝国

也遮不住历史滚滚尘埃

倒是屋檐下的黎民众生

延续着下一代的血脉

再缠绵悱恻的爱情

也经不起岁月的变迁

莫如把握住眼前的幸福

让你我的温暖不再走开

时差

我的夜晚是你的白天
我们在太平洋的这边与那一边
仰望星空的思念
开始与街灯一道疲倦
它还能飞多远
能不能凌空振翅
降临你面前？

你的夜晚是我的白天
梦中人，怎知我已把天涯走遍！
左手是聚散，右手是悲欢
而我能不能进入你的梦境
（这算白日梦吧）

拉着你的手

去看片片白云 相依绵绵

阳光照耀下我热烈燃烧着

而我的白昼竟是你的夜晚！

离开你，我是黑夜奔向黑夜

靠近你，我是白天飞往白天

原来时光可以倒转

思念的日子能被拉长，也被缩短

江南之恋

一

最美人间四月天
却被这堵白墙隔断了
可是墙上的花窗
只需要一点点
缝
隙
真的只需要一点点
便透出来
整个春天

二

亭子倒影在水中

长亭接短亭

顾影自怜的断桥

合璧为圆

而禅房静穆沉入湖心

香火由湖底滟滟升起

楼阁、翠树、回廊，连同你我

都在江南的水里润湿了

未及

几条锦鲤摇头摆尾

把静谧的山水轻轻抹碎

三

不知你在等江南

还是江南在等你

去的时候花儿正开

也见到落红无数

知道有人等你吗

为你羞红满山 复为你落英成雨

你这次来，就是我的一生

这花季！

四

江南雨
用透明的指尖
弹奏春天
大地琴键发出的声音
竹林琴键发出的声音
屋檐琴键发出的声音
湖泊琴键发出的声音
你发出的声音
汇聚出江南春天的声音

此刻，“二泉”珠玉飞溅
又传出瞎子阿炳
那把二胡如泣如诉的声音……

二泉，即“天下第二泉”，由茶圣陆羽认定，位于江苏无锡惠山。当地著名民间艺术家华彦钧（瞎子阿炳）创作出二胡名曲《二泉映月》。

流星雨

我想你了
这最简单的表白
好似夜幕低垂的天空
突然划过一道流星雨

我不知道
它如花绽放的时候
你是否正仰望星际
目击这心情
灿烂且无助地坠落

流星雨

究竟失落在哪片心海

怎像什么都没发生过?

此雨过无痕

无处寻，更与何人说?

生日蜡烛

年年老一岁

让无辜的蜡烛泪垂

新年

又多了一支蜡烛为你哭

所以 赶快吹灭它们吧

如同擦去眼角的咸水

唱起熟悉的生日快乐歌

许下那些不能说出的愿

我知晓每个愿望都与幸福有关

因此

不要等不想等不必等

风

烛

残

年

病毒

梦中 醒来

思念的情绪自动开机

内存被你占据了

硬盘随之弥漫你的气息

装不下你的所有、所有

我不断地为你升级、升级

你为我侵入骨髓的病毒

无法删除，挥之难去

直到 今天系统崩溃

却来不及

一声叹息

等待

有种幸福
叫作等你

有时很近
有时很远

近时，薄薄红纱帘幕
远时，处处关山险阻

但只要彼此靠拢
时间就会
停下脚步

想见，就去见

遇水搭桥

逢山开路

你走来，拈花穿竹

我走来，乘风破雾

我是你的，你是我的

再长的路，不觉得苦

再长的等待，我不在乎

逝去

知道吗
我有快被窒息的快乐
快乐的窒息

我无法藏下天地
却藏下了你
而藏下了你
就如同藏下了天地

走过寒冬
才有下一个春天的放纵
而真正爱过
才知道情浓

你说你知道这一切

因为我们一起窒息

然后一起

逝去！

酒逢我爱一杯就醉了

当我想你的时候
电话与信笺都算与世隔绝
我务必要空降你眼前
渴望真实可见的你，渴望可以触摸的你
让我感受鲜活，而我也复又鲜活起来

让我们在一起、在一起
测一下，你的体温居然藏着太阳
而我也不断传递燃烧的火炬
感受彼此身体最柔软的部分
这青春是一条河

酒，古老而甜蜜的发明

今夜最适合以即兴的新诗下酒

月光如水

酒逢我爱一杯就醉了、醉了

你我之情，已不必去押诗的韵脚

顺便

早上发现
深夜她发来一个手机表情
不算冷漠，也不算热忱
问她怎么了，回答是
睡不着的时候，顺便问候下你

后来，她去过我母校的那座城市
发来信息说，欣赏了校园的黄昏
漫步于教学楼旁的小径
那是出差时，顺便造访你的青春

再后来，她来到我的城市

不知她去过哪里、看过什么

也许又是一次例行公事的旅程

离去那天接到电话：

我走了，顺便听一听你的声音

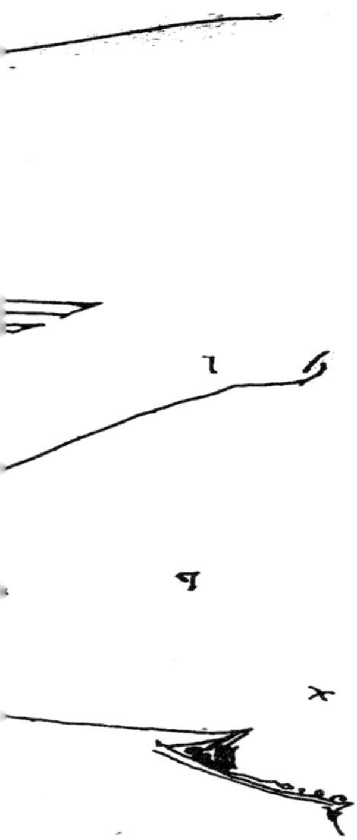

爱之歌

七夕，今夜的悲与欢

有爱的日子，天天是节
失落的岁月，时时寡欢

你听，你听，树间的鼓噪，
还能多久，这秋蝉？

你看，你看，月亮的脸，
天天缺陷，几时圆？

你说，你说，这眼角的泉，
什么时候，泪始干？

春夏秋冬，仅仅一面缘

银河浩瀚浪涛天

今夜，究竟是悲，还是欢？

试看天下再坚强的翅膀

又如何撑起这鹊桥仙？

莫不如，汪洋中的一条船

能把想念送到岸的那一边

牛郎织女星，把苍天劈作半

海不会枯，石也不会烂

夜晚唯有天幕上泪光闪闪

眼望穿，亿万年！

你是一个谜

你是一个谜

忽是风来忽是雨

今天心情还好吗？

最近有没有发脾气？

什么时候你会想起我？

什么时候你还把别人来惦记？

甚至你的笑容

甚至你的敌意

我都对你永远有兴趣

我都想知道那谜底

你是一道复杂方程题

把所有数字来堆积

你不断变来又变去

你说你要保护你自己

我能看出你是故意

所有的答案其实都是你

你说不让我看透你

你说你总想保持那神秘

我是这样着了迷

想把你永远珍藏在心里

还好，我总是有勇气

还好，我总是不放弃

眷恋着你，就会用爱去破译

你的名字

终于，距你万里之遥

陌生的城邦

一路上我藏着掖着你的名字

你的名字

像小鹿咚咚撞击胸腔

于是，我把它放置一处小树林寄藏

试让思念，在异域的土地肆意生长

微风梳枝展叶，洒下阳光

我又在绿波荡漾的塞纳河

写下你的名字

浪花涌动、欢唱

思念顺流直下，泛滥成殇

你的名字，会直通每一条大河大江

如果，还能把你的名字

写在地球的南极北极

世界千里冰封，而你剔透晶莹

那我愿意做冰原上的行者

求索天地，将爱无疆

候鸟的故事

我有一对春天的翅膀
生来为追寻春天而奔波
当叶子快要飞起飞落
就是我告别的时刻

光阴寸寸短
世间所有的美丽
从不定格
不要问我从哪里来
生活即选择
故乡在远方
我的家是一种漂泊

哪怕一路子弹，是雷电
哪怕一路狂风，是暴雨瓢泼
下一个春天，总在下一站等我
庆幸我遇到的春天比你们都要多
幸福我沉浸的绿永远不失色

花在绽放，像你身体在打开
绿与绿缠绵，像你我耳鬓厮磨
为了春天，千山万水跋涉
今天这一路的明媚，许是爱情放歌

做一个波斯湾的女子

她说她终于找到梦中的海之蓝
找到那种蓝得如高度白酒般沉醉的蓝
融化掉漂泊千年的尘埃
融化掉所有企图漂浮之上的不系之舟
然后，融化自己
如此轻易
就像拥抱一颗久别重逢的泪滴

她说她还要寻找三毛的撒哈拉
把纤小的身躯埋进去
静静烘干
让细小得能填补所有缝隙的沙粒
逼出心底最后的一丝心愿

甚至

挤压出躲藏在深处的

那声弱弱的轻叹

披上裹到脚踝的长袍、披起头巾

她唯独露出一双清澈的眸子

那是荒漠的泉眼

那是海岸的征帆

听说，你要来看我

听说

你要来看我

树枝沙沙响，黄叶应声落

秋意渐远，你却重树旌旗

北风那个吹呀

不是离歌

听说

你要来看我

鸟儿赶紧钻进孤独小窝

高耸的烟囱热气呵呵

白天这么短，夜晚那么多

朋友，我要带你去看还没冰冻的小河

听说

你要来看我

往事蹉跎，你我这样年轻过

可你已不是你，我也不是我

命运是停不下的旋转陀螺

朋友，让我又有机会再一次把你好好折磨

大约在深冬

你说还会来看我

选择一个大雪纷飞的日子

呼应我渐渐改变的鬓色

我会早早守望你，站成一树银装素裹

城市山河

一

建筑是城市里的山

车流是都市里的河

二

城市里的山没有四季之分

当然除却冬天

它们常常打开

许多大大的眼睛

看窗外变幻的风景

三

都市里的河

雨季旱季天天轮转

太阳起落时大河汹涌

夜幕低垂后小溪潺潺

且闪耀光芒，像跃动的浪

都市的河水肆意流淌

逝者如斯夫

但你我都知道

它们怎么都回不到

那个被唤作大海的故乡

城市森林

一

一座座建筑
不过是城市里的石头
各式各样的石头
大多被削磨成正方体或长方体
像水立方鸟巢那是难得一见的奇石
虽然都算不上天然的宝石美玉
但它们像天边的星辰
入夜就发出宝石般的光彩

二

一座座建筑
又是城市里的大山
能在眼皮下长大长高的山
这山望着那山高
山外有山，山峰连绵不绝
可我们无法在墙面找到路径
攀援这座山。这山内心丰富
甚至透明
所有的瀑布流水全在心里面
我们乘坐电梯登山
一会坠落谷底
一会飘浮山巅

三

一座座建筑物
还是一棵棵大树
要不怎么成就“城市森林”？
我们折断飞翔的翅膀
却像鸟儿一样栖息藏躲
钢筋水泥就是大树的枝干
扇扇窗口就是绽放的花盏
这串串花瓣从地面直升云天
白天折射太阳七彩虹
而夜晚
俨然一棵棵坠满礼物的圣诞树
闪闪发光呵，在这人世间！

城市高度

翻手为云、覆手为雨么？

因为 我们在城市的高度

你想象自己

如一只火凤栖息在巅峰

收紧羽翼，昂首迎风

夜幕低垂

此时俯瞰万家灯火，千里霓虹

西北望，竟黯淡了天上银河与繁星

这灯火高高低低、叠叠重重

我的心情随之跌跌落落、起伏不宁

或许，我永远无法洞悉一个城市的伟岸

也无处领略高处不胜寒的天庭

我只愿面对着你，我的爱人

城市再大再高，只是你一个人的背景

当你张开翅膀，翩翩起舞，玉立亭亭

我们的梦呵，随即漂浮在欲望的征程

情难了

曲未尽

不夜城

多像，那些决然的爱

北国的春天奔涌而来

迎春花儿
毫无征兆地开了，恰似江南油菜田
一树玉兰探出或粉或白少女羞涩的脸
多少中国姑娘的名字唤作玉兰
像可爱的邻家妹子
纷至沓来，杏花梨花桃花李花还有榆叶梅
这里的春天怒放奔腾，像平地升起滚滚雷
在袒露的枝骨上欢歌纵情
轰轰烈烈地花开
酣畅淋漓地花败

原来，这些美丽的花朵

并不需要所谓绿叶映衬

多像那些决然的爱

要么还未察觉，爆发就来不及等待

将最娇艳的容颜，傲然于料峭春寒

大山

这层峦叠障的大山
究竟有没有秘密？
大山里走出过多少人
又有多少人走进去？

从山间的小径
人们搬出药材、果子、蜂蜜
风乍起，山巅有沉重的叹息
谁在索取，谁又在赋予？
我也看到树梢的鸟巢
有多少鸟儿是常客，又有多少鸟儿是倦旅？
知了，不知道什么，却唱响了群峰

我又看到一路欢腾的小溪

这是大山的爱液

但不知，她流向浩瀚大海，还是沼泽地?

青山不老，年年失去，年年新起

早春暖树时分，又是接天新绿芳草碧

你我悄悄潜入群山，类似倦鸟投林

夜的山谷 掩藏所有踪迹

用一壶山泉浊酒，擦热彼此的身体

于是，层峰开始在胸间荡激

大山作证，我醉倒在——

你的夜色里

思念是什么

思念是什么？

思念是一种味道，
那是你衬领发端洋溢的气息，
闻香识君。

思念是一种温度，
那是你柔弱掌心轻抚的热浪，
微醺沉醉。

思念是一种距离，
那是分别与相见之间的刻度，
聚散两依。

思念是一种期待，

那是洁白信笺上的飞鸿数行，

字短情长。

思念是一种心情，

那是快乐与煎熬之际的轮回，

喜怒无疆。

思念是一种病态，

那是胡思乱想那是胡搅蛮缠，

为爱痴狂！

思念呵思念，

情有所牵，心有所挂，

都在勾勒你的模样。

终于呵终于，

思念成为一种习惯，

未下眉梢，又上心房。

情深似海

许多时候，我们只是累了

今夜，一场温柔的梦境

误将羁旅视作了归途

故乡，其实比他乡更远

而你，其实比远方山高水长

仰望晶莹的雪花，我们海誓山盟

然后深情地捧起，看着它在手中溶化

世间所有的相遇，未必都是久别重逢

世间所有的重逢，却是再续前缘的来生

我明天的去路，或许就是你今日的归程

你今天的欢乐，或许就是我明日的悲歌

沉重的一枚落叶，有时足以将这季节砸伤

只是，相遇很美，像清风抚慰着山岗

相信吧，这冥冥之中的安排

纵然萍水相逢，更要情深似海

我会迟到，但从不缺席

题记：北京早春匆匆过，仍有树枝未发芽，感而记之。

还有多少寒树

未被春唤起？

莫非那场冰雪

深彻肌骨，伤痛到今昔？

东风柔，雨初透，看百花济济

错过桃花、玉兰、榆叶梅

错过早莺争暖树

错过归燕啄新泥

——窗外飘过汪峰

如果有一天

我悄然离去

请把我埋在这

春天里

寒树枝瘦无人语

周遭落花已满地

我打春天走过

留下脚印几许

春天的花朵，太嘈杂

春天的风沙，又迷离

我与春天有个约会

我会迟到，但从不缺席

我发现你是诗

长长短短的诗句
好似波澜不惊的情绪
时而起伏，时而沉寂

我愿意
做一个写诗的人
只想 为命运寻找韵脚、对仗与错落
而你，就是我取之不竭的灵感
阅读你的四季，阅读你妩媚的风情
我记下你的灿然，记下你举手投足间
记下你悲喜交欢，记下你清泪满眼
记下你粉饰容颜后的伪装
记下你化妆舞会上的赤裸
我的诗行，唤起天空如诗行纷飞的雁

我愿意，一直这样苦吟下去
让你的画意，永远搭载我的诗情
同行！
写到穷尽言语
写到笔残墨干
写到风烛残年

诗的两端
我发现你是诗
你成就我诗篇

我在你的身体里奔跑

我在你的身体里奔跑
越过一座座山丘
趟过一条条小溪
终于靠近那枝神秘的花朵
在许多隐藏的深处，我需要你
我采撷白，那是雪，浪花与云彩
我拥抱蓝，那是梦，天空与大海

我在你的身体里流连
触摸森林，清新的气息击中了我
莽莽无垠的沙漠，绵延起伏的丘陵
沙漠深处一泓月牙儿的泉
丘陵稀疏的植被，轻易将我放牧
我是一只啃食青草的羔羊

贪婪，又不知疲倦
从清晨到夜晚，辞别
透天的夕阳，再把群星射落荒原

我在你的身体里爱你
我把我自己掰碎了揉进去爱你
像奔驰的列车，碾压我们的躯体
交换彼此炙热的岩浆，彼此吞没
像飘逝的林花一道碾落成尘
快退闪回一个个的镜头
彼此交融，再彼此重塑

我在你的身体里涅槃
我们接受彼此的爱
我们彼此接受爱的不完美
我采撷白，那是雪，浪花与云彩
我拥抱蓝，那是梦，天空与大海

我多么想

我多么想
跟着她，走吧
一路风驰，满径流芳
去寻觅森林中的小鸟
去采撷大山里的花香
甚至到海角天涯，到陌生的村庄
甚至到一处梦境，到涟漪清浅的池塘
我蹦蹦跳跳撒欢儿，她对着草木歌唱
罗裙飘飘，她引我向那神秘的地方

我多么想，告诉李商隐
灵犀一点，身有彩凤双飞翼
就能追逐到，她的溢彩华章
请等等我，美丽的姑娘

逝去的，就让它东流入海

曾经的雷电令你神伤

前面的岔路难免彷徨

而我多么想，无惧癫狂——

我们一起在最黑的夜，数遍星辰

我们携手在最冷的冬，擦拭风霜

我们共同看太阳落下又升起

迎接照耀心灵的

那一道道光

我愿是你最好的礼物

鲜花容颜易老

蛋糕香甜易变

生日歌声

也最终消失风中

那么，不知哪家善良的邮差

能将我打成一个包裹

穿过层峦叠嶂，越过千山万水

五花大绑送至你床前

等待

你用剪刀卸下满身枷锁的一刻

——爱的阳光沐浴着我

主人啊，请尽情地消费

我是你芳诞的贡品

并代言世间所有的祝愿

亲爱的，祝你生日快乐！

明天

为什么不能把明天
像手掌一样
瞬间翻转到今天？

我们明天相见
桌上的日历能撕页到这一天
钟表也可以拔快 24 小时
我可以从这座城市到另一座城市
我可以翻越一座高山
然后又攀登另一座高山
从南半球到北半球
从太平洋到大西洋
从鲜花遍野到冰天雪原
从粉黛江南到大漠孤烟

世界星移斗转，可我终究翻越不过

明天。明天依然遥远

在明天

就一天

世界新出生 30 多万婴儿

但又有多少人会死去？

就一天

至少 75 个物种灭绝

30 万立方亿水被消耗

9000 万桶汽油在燃烧

明天。明天依然遥远

明天，在明天！

普洱

铮铮铁汉，坚硬似城垣
刀砍斧劈也攻城不下
却怎敌她一汪柔情似水！

泥土般的肤色
像刚刚掠过的冬天
把盏尽欢
饮下风雨千年

穿越茶马古道
驼铃入峰峦声声逝远
那一队瘦削的双肩
挑起山水间

此时此刻

题记：都市流行风，晒时针与分针数字相同的那一刻……

你总是提示

一个个凝固的时刻

看时针与分针，重重叠叠

13：13，正午暖阳

00：00，零点分割

天衣无缝的吻合

你告诉我

这说明，有人在想我

而你每天不经意间

就收获

许多许多

是我想你吗

想得你，竟把时间的长河

轻轻地锁

一天 24 个小时，至少就有 24 个轮回

时针是你，那分针是我

我的牵挂，无法停落

左边是你，右边是我

一半是高山，一半是大河

我围绕着你，载舞载歌

我配以绿叶，你捧出红果

穿越天地阴阳，阅尽千秋万壑

此时、此刻

我就是你，你就是我

爱的征兆

誓言下了，苍天还会老吗
雪花飘了，大地就要柔白无边
河冻开了，柳絮很快满天飞扬
春雨下了，春笋就会呼呼拔节
燕子来了，花儿就要朵朵盛开
夜很深了，天空就将鱼肚一线
晨曦露了，太阳就要破晓升起

承诺允了，大地还会荒吗
火烧旺了，冷水就快沸腾摇滚
生米煮了，饭粒就要四溢飘香
弓弦绷了，利箭就要一发不回
引信燃了，爆竹就将粉身碎骨

锚链起了，船儿就要向彼岸出航
风雨过了，彩虹就将大美在天

冬天来了，春天还会远吗
春天来了，快乐还会远吗
你想我了，思念还会远吗
我想你了，相距还会远吗

秋日之花

淡黄色的花瓣
斜依在无名山坡
秋色渐浓
这本不是一个灿烂时刻
巍巍大山
已让位给红红的叶，沉甸甸的果

但你还是绽放了
就如同世间的相遇
素来由上天安排，无处选择
莫要问，什么是对的时间，对的地点
感到幸福，我就捧出压抑许久的花朵
没有春天的绚丽，还带着——
些许羞涩

微微笑容，只为偶尔路过
依然赞美我的
那一个

夜凉如水，时间无多，纵难成果
为你盛开，就是我的使命与本色
把我摘下吧，插在你发髻一侧
带我走出大山，踏着山歌，起舞婆娑

空港

喜欢这条林荫道，绿树已成墙
每一条枝杈，都伸出怀抱
每一片叶子，都绽放微笑
又纷纷扬扬把手儿招
哗
哗哗

头顶，不断掠过
机翼巨大的身躯，轰鸣冲天，伴着白云飘
而车流，穿行在斑驳的影像
像一张老上海年历画上
美人泛黄的旗袍

这每个人的目的地

其实都是中途岛

试看这熙熙攘攘 天上与人间

运载几多离愁，又带回几多相思与寂寥

云遥遥，水涛涛，风萧萧……

还好，一路上有你，不负诗抄

情在左，义在右，中间即是阳关道

纵然千里迢迢，风景这边独好！

舞者

你是初阳升起时的玉树
迎接晨曦，拥抱着风

你是夕阳西下时的兰舟
穿云破雾，又烟雨朦胧

你是剪影西窗的一尊女神
惯看风云，静静然与世无争

你是老院子里的暮鼓晨钟
与飞鸟一道，倏地划破长空

你又是一段遥远的秦筝

把谁家的悲欢离合颂咏？

灯火阑珊处，蓦然回首中

洛神之美：翩若惊鸿，婉若游龙

花香与月光

你要我给你

满山的花香

你要我带来

整个海洋的月光

我不是青山

没有遍野的花香

我不是海洋

没有无垠无际的月光

你认真地问我

你，究竟能给我什么

你调皮地看我

你，就是做不到

也答应我，好吗

如果我是一朵花

我愿意绽放在你的温床

如果我是一束光

我愿意映照在你的脸庞

如果你是一朵花

我嗅着就闻到了满山的花香

如果你是一束光，照亮了我

我就拥抱了整个海洋

我更愿意

我是那伟岸的山

你是那满山的缤纷五彩

好似绣在大地的乐章

我更愿意

我是那浩瀚的海

你是那如水流银的月光

温柔地抚摸在我的身上

药丸

知道你
很累很苦
知道你
常常一个人哭
我却爱莫能助

好想
变身一粒神奇药丸
通过你的朱唇
顺一脉温柔
进入你的身体牵肠挂肚

我会让化学反应发生：

你的泪水，滋养出庭院簇簇新竹

你的感伤，彻底遗忘在山间的小屋

分解所有症结，同时放飞爱情与幸福

唯见幽兰空谷，芬芳郁馥

我渴望药效长久

但你可以随时排出体外

将我放逐……

这里就是天堂

云中鸟瞰

这座熟悉城市的夜色

灯火绵延，淡淡处

将都市新的边缘勾勒

脚下的大地这般古老

却又悄悄在长个儿

街道汇聚光带流淌的河

繁灯似星星那样闪烁

我有些迫不及待了

我知道

在一个小小的角落

霓虹正映红你的面额

我从天边来

遍览五彩缤纷的云朵

但我只想对你说

这里才是天堂

因为有你

因为有我

已是秋天

已是秋天

而我们已经隔了几个秋天

梦中的落叶

空中飞旋

绿 开始逆转

难以言说的哀怨

装作若无其事的样子

维系仅存的思念

而枝头随北风摇摆

轻易暴露了

撕扯心底的不安

我终于离去，把你留给了冬天

挥一挥手，并没有告别的语言

暴风雪就要来临了

远走他乡高飞的雁

不解我的回首

步履维艰

已是秋天

而你我已经隔了几个秋天

梦中的碎片

落满山川

回不去的啊

时光如水银泻地般

我已不是少年

你亦褪去了红颜

诗人的梦

（后记）

许多人最初的文学梦，就是做一个诗人。我只是其中的一个。

如果有一把吉他，在背后轻轻吟唱，我沐浴月光，深情朗诵诗行，对着一个可爱的姑娘。这该是多么浪漫的一件事。

最初，喜欢诗，走近诗，创作诗，源于此。

诗人，都应该很年轻，可我已不再年轻。但于这个世俗的世界，重拾一份诗情，让我又找回一颗年轻的心，让我在繁忙工作之余，有一方属于自己的纯净角落。生活不只眼前，还有诗与远方。身未动，心已远，远方就是一首诗，诗就会在不远的地方等着你。

其实，这个集子的诗，跨度较大，个别青春之作，我今天读之，不免脸红，可还是勇敢地辑录进来了。诗的风格，整体看霄壤之别，韵与无韵、新体与旧体诗词杂陈，这跟时间有关，与心情相系，也就形成不了所谓的风格。我只以真情投入，真与爱，希望是她们的标签与符号。爱之禅，爱之初，爱之季，爱之切，爱之歌。

爱你，爱你们！

沈力男

由己斋

图书在版编目（CIP）数据

素颜之美 / 沈力男著 . -- 北京 : 现代出版社 ,
2019.3
ISBN 978-7-5143-7602-9

Ⅰ . ①素…　Ⅱ . ①沈…　Ⅲ . ①诗集 – 中国 – 当代
Ⅳ . ① I227

中国版本图书馆 CIP 数据核字 (2018) 第 293267 号

素颜之美

著　　者：沈力男
责任编辑：王传丽　阎欣
出版发行：现代出版社
通信地址：北京市安定门外安华里 504 号
邮政编码：100011
电　　话：010-64267325　64245264（传真）
网　　址：www.1980xd.com
电子邮箱：xiandai@vip.sina.com
印　　刷：三河市宏盛印务有限公司
开　　本：880mm × 1230mm　1/32
印　　张：8.5
字　　数：110 千字
版　　次：2019 年 3 月第 1 版　　印　　次：2019 年 3 月第 1 次印刷
书　　号：978-7-5143-7602-9
定　　价：39.80 元